www.ingramcontent.com/pod-product-compliance
Lightning Source LLC
LaVergne TN
LVHW041532070526
838199LV00046B/1627

מָלֵא רֶגֶשׁ

100 שירים
על אהבה, אמונה וחיים

Translated to Hebrew from the English version of Soulful

Rhodesia

Ukiyoto Publishing

כל זכויות הפרסום העולמיות מוחזקות על ידי

הוצאת Ukiyoto

פורסם בשנת 2024

תוכן זכויות יוצרים © רודזיה

ISBN 9789362696397

כל הזכויות שמורות.

אין לשכפל, לשדר או לאחסן שום חלק מפרסום זה במערכת אחזור, בכל צורה שהיא, בכל אמצעי, אלקטרוני, מכני, צילום, הקלטה או אחר, ללא אישור מראש של המפרסם.

זכויותיו המוסריות של המחבר הועמדו בתוקף.

זוהי יצירה בדיונית. שמות, דמויות, עסקים, מקומות, אירועים, מקומות ותקריות הם פרי דמיונו של המחבר או בשימוש באופן פיקטיבי. כל דמיון לאנשים ממשיים, חיים או מתים, או אירועים ממשיים הוא מקרי בהחלט.

ספר זה נמכר בכפוף לתנאי שלא יושאל, ימכור מחדש, מושכר או יופץ בדרך אחרת, ללא הסכמת ההוצאה מראש, בכל צורה של כריכה או כריכה מלבד זו שבה הוא נמצא. יצא לאור.

www.ukiyoto.com

תוכן

האהבה שלנו	2
אני אוהב אותך	3
רק אתה	4
הבוקר שלי	5
דבש	6
כוחות	7
גיבור העל שלי	8
אי סדר	9
חֲגִיגָה	10
ספטמבר מתוק	11
נכנע	12
מעבר לצללים	13
אני סומך עליך	14
בטנת כסף	15
כשאני לא פה	16
בבקשה תסלח לי	17
הבטח לי	18
אתה ואני	19
סינדרגירל	20
הגן	21
הפסוק האחרון	22
את מי אתה שאהבתי?	23
נכון או לא נכון	24
לֹא מְרוּסָן	25
זה לא נכון	26
אהבה וחובה	27

קֶסֶם	29
פרשת דרכים	30
יום אחד	31
מבט לאחור	32
2021	33
הכלי	34
לב כבד	35
ללא בעלות	36
תעלומת הוורדים הלבנים	37
לסמוך עליו	38
האם יבוא מחר?	39
המחר שלך	41
אוֹר הַלְּבָנָה	42
תפילת הורים	43
בן יקר	44
אני אזכור אותך	45
אל האור	46
לחופים שלווים	47
רשת העכביש	48
קצוות כדור הארץ	49
ההר העולה אולימפוס	51
כל יום	52
מְטוּפָּח	53
בפינה האפלה הזו של היקום	55
לחייך	56
רגע רגעי	57
מילות הקסם	58
הבית שלי	59
אנו מודים לך, אלוהים	60

אמונה ותבונה	61
פוטר, היוצר שלי, האהבה שלי	63
כאשר להבה מתה	64
תנוח באמונה	65
הוא לעולם לא ישבור לך את הלב	66
חפש, זורח ושתף	68
פגוש אותי שם	69
לחיות	70
האחד שאני אוהב	71
אם אכפת לנו	72
העץ	73
ההפסקה	74
אני אשאר איתך	75
עֶרֶשׂ דְּנִי	76
סִיוּם	77
נִצְחִי	78
עבר רחוק	79
לְהַבִּיט	80
הריק	81
הנסיעות	82
הציפור הקטנה	83
עננים	84
פַּרְפַּר	85
היקום שלנו	86
אני מתגעגע אליך	87
מלבד	88
לעשות אהבה	89
הַרְשָׁעָה	90
פגם	91

לשחרר	92
סוף עונה	93
הַתְחָלָה	94
קֶסֶם	95
זיכרון	96
בדיקות	97
בלתי נראה	98
נקודת אל - חזור	99
זָקֵן	100
תהילה של אהבה	101
כירון	102
זָר	103
לה קורונה	104
הגן החדש	105
פִּסְגָּה	106
שלא נגמר	107
על הסופר	**108**

הַקְדָמָה

שירה היא שפת הנשמה. בקליידוסקופ של רגשות וביטויים אנושיים, אני בוחר לחלוק את הגוון ואת נקודת המבט שלי בשפה זו, בתקווה שספר זה עשוי להוסיף לעושר וליופי של החוויה האנושית. אם יורשה לי לגעת בלב או לעורר נשמה בתהליך, אני מחשיב את חיי כבעלי חיים טובים.

אין סידור ספציפי, בין אם לוגי או זמני, של השירים. הקורא מוזמן לחוות את הספר הזה כמו עמידה מול האוקיינוס, כשהשירים כגלים ברצף. חלק מהשירים הללו נכתבו לפני זמן רב; אחרים רק לאחרונה. עם זאת, אני לא מאמין נלהב בלינאריות של הזמן לגבי העבר, ההווה או העתיד, כמו שאני לא מתנשא על שמות משפחה שעשויים להגדיר או לשנות. אני רואה בכך אדיבות ואדיבות שאולי יזהו אותי בשמי הפרטי בלבד.

לבסוף, הרשה לי להקדיש את הספר הזה לך, קורא יקר שלי, לאמי, לילדיי, לאהבתי האמיתית האחת ולכל אלה המאמינים גם הם בטוהר ובכוח של אהבה ואמונה.

2

האהבה שלנו

האהבה שלנו היא...
כוכב הצפון בלילות העגומים ביותר,
הקשת מעבר לסופה החזקה ביותר,
ענני הכותנה על השמיים,
הטל שמטביע את העלים בבוקר.

האהבה שלנו היא...
קולם של כינורות ולײרים,
שירת העפרונים והזמירים,
הצחוק והחיוך הראשונים של התינוק,
הסימפוניה המתוקה של המלאכים.

האהבה שלנו היא...
הגלים האינסופיים על שפת הים,
הסלע מתחת לים,
המהות של מים נקיים,
הנצחיות של הנצח.

3

אני אוהב אותך

אני אוהב אותך בסבלנות,
כמו אמא עם בנה,
אני אוהב אותך ללא לאות,
כמו דבורים שמייצרות דבש.

אני אעריץ אותך באביב מעורר השראה,
להתענג בפסגת הקיץ,
אני אחזיק את ידך בסתיו,
ולחבק אותך חזק בחורף.

אני אוהב אותך בלי סוף,
כמו גלי האוקיינוס.
אני אוהב אותך בלי סוף,
כמו הכוכבים בשמים.

אני אוהב אותך בסבלנות וללא לאות,
באביב, בקיץ, בסתיו ובחורף,
אני אוהב אותך בלי סוף ובאין סוף,
מעבר לתקופות חיים, מעבר לכל האפשרויות.

4

רק אתה

בעולם העגום והעקר שלי,
רק לך פרחת פרחים,
ומילא את האוויר בשירים.

בנסיבות המבוי הסתום שלי,
רק אתה פתחת סמטאות,
וסללו נתיבים לכבוד.

למרות שהכנפיים שלי שבורות,
למרות שהידיים שלי קשורות,
למרות שהצעדים שלי ממוספרים...

מוחי מהרהר, לבי משתוקק,
הנשמה שלי לא מחפשת אחר
ממך האחד והיחיד שלי.

5

הבוקר שלי

להתעורר בבוקר
איתך בלב שלי
היא המנגינה הכי מתוקה.

לראות את הזריחה
איתך בראש שלי
זה כמו חלום שהתגשם.

לשמוע את הציפורים שרות
איתך בנשמה שלי
האם הגורל שלי.

גם עכשיו כשאנחנו
להיות ביחד
אולי עדיין לא המציאות.

דבש

אתה בשבילי
המנגינה הכי מתוקה,
ניחוח של פרחים,
הטעם של הדבש...

מתנה אמיתית של הטבע -
הדבש שריפא את פצעי,
הדבש שחתם את כאבי,
הדבש שלא מתכלה.

הדבש שנותן לי כוח
להתעורר כל יום,
הדבש שגורם לי לחייך
בדרכו הטהורה, הלא אנוכית.

7

כוחות

כאשר שני יצורים שמימיים
יש ליבות המורכבות מדברים
זה מתדלק אחד את השני
ומשלימים אחד את השני...

לא משנה המרחק,
לא משנה ההפרעה,
לא משנה המכשול,
הם יבואו בהסתערות...

למה שיועד,
למרות שגופים שמימיים אחרים מתערבים,
כל אחד מפעיל את כוחו הלפני אחרון
לא לתת לאיגוד שלהם להתנהל בדרכו...

כי אולי היקום הזה עדיין לא מוכן
לאיחוד הסופי והבלתי נמנע שלהם,
שהמהות העצומה שלו יכולה ליצור גלקסיה נוספת שתיצור מחדש את קסם הבריאה.

8

גיבור העל שלי

הלב שלך רך כמו סופרמן,
לא פחות רומנטי מקפטן אמריקה,
שלא לומר עשיר מטונף כמו באטמן,
ואסטרטג מבריק כמו איש הברזל.

המהלכים שלך חכמים כמו זורו,
אלוף הנזקקים כמו רובין הוד,
הצלת אותי מאלף צער,
אתה ותמיד תהיה גיבור העל שלי.

9

אי סדר

אהבה, אסטרואיד נחת על כדור הארץ,
והעולם מעולם לא היה אותו הדבר,
האמונות התערערו, הקשרים התנפצו,
בתים ננטשו, נדרים הופרו....

אהבה, כוח, השפיעה על חיי,
וכל תפיסה השתנתה,
גבולות התמוססו, בעקבות מחלוקת,
ומושגים מקובלים ערערו.

מה נכון? מה אמיתי? מה נכון?
מה השעה? מה זה מקום? מהם החיים?
אני כבר לא יודע כלום
חוץ מזה שאתה זה שאני באמת אוהב.

אחרי כל ההרס והמבנה מחדש,
אחרי שכל הביטויים החולפים מתמוססים,
אהבה צריכה לחדד הכל
לבנות על פני האדמה את השמים שלנו לנצח.

10

חֲגִיגָה

כל יום, השחר נוצץ,
הציפורים לא יכולות להפסיק לשיר,
אפילו השמש מחייכת,
לברכת בוקר...

כששני לבבות,
אם כי רחוקים זה מזה,
לא מצליח להיפרד,
לא משנה מה...

אין מרחק, אין שעבוד,
בלי כאב, בלי כאב לב,
אין כוח אחר עלי אדמות,
יכול להיקרע או להישבר...

הקשר, האיחוד,
האהבה, ההתייחדות,
הקשר השמימי,
זה ראוי לחגיגה.

ספטמבר מתוק

ספטמבר אחד מתוק,
שערי שמים נפתחו,
ויצרו גשרים,
איפה שאוהבים יכולים להיפגש
לא משועבד.

כששירי אהבה
יכול להגיע לליבם,
ולא חוק אורמן,
או כל דבר תחת השמש
יכול להפריע.

כשלא יהיה לעולם
כאב לב או געגועים,
או פחד או דאגה,
בגלל האינטימיות שלהם
מחזיק מעמד בכל דבר.

הם תמיד יזכרו -
היום שבו השמים נפתחו
דרך לנצח,
כשהאהבה לעולם לא תוותר,
ספטמבר אחד מתוק.

נכנע

הושפלתי ונפגעתי,
מקוללת כמו זונה,
נחקר כמו פושע,
חנוק כמו חיה תועה.

ריגלו אותי והרביצו לי,
מאשימים כמו כלבה,
נחקר וניסה,
ניצודה כמו מכשפה.

השתתקתי והחנקתי,
התייחסו אליו כמו טיפש,
משוער, שגוי,
ותויג מטורלל.

הייתי מוכה וחבולה
בפנים ובחוץ,
אבל אף אחד לא כאב כל כך,
כמו מוותרים עלינו.

13

מעבר לצללים

לראות את פניך בזריחה,
לשמוע אותך לוחשת בגשם,
להרגיש את המגע שלך בקרני הירח,
כמהים לפגוש אותך שוב.

על כל כמיהה של ליבי
מפרידה אותנו עוד יותר,
על כל געגוע נפשי
צומחת בינינו חומה עולה.

תן לי לא להביט בך ביום,
תן לי לא להחזיק את היד שלך ולומר -
אני פשוט כאן מעבר לצללים,
רק אתה תאהב ותדאג.

14

אני סומך עליך

אני סומך על אהבתך
זה החזיק מעמד
עידנים של המתנה.

אני סומך על אהבתך
זה הגן
אני מסבל.

אני סומך על אהבתך
זה התקלח
ברכות מפתיעות.

אני סומך על אהבתך
יחזיק מעמד, יברך ויגן
למרות כל המרחב והגעגועים.

בטנת כסף

הלב שלי הלילה הוא כמו העננים -
חשוך, כבד ועומד להתפוצץ,
הלב שלי שפעם היה קל נוצה,
פסיון-ורוד, ושירה בהנאה.

העיניים שלי הלילה הן כמו העננים -
עם זרמים של גשם שוטף,
העיניים שלי שפעם היו כוכבים מנצנצים,
עכשיו ספוג בצער, פחד וכאב.

הנשמה שלי הלילה היא כמו העננים -
אחרי הגשם, הולך לאיבוד ונודד,
הנשמה שלי שפעם הייתה בטוחה מצאה
החלק החסר שלו, והלהבה התאומה.

הלב שלי, העיניים שלי, הנשמה שלי הלילה
מתעממים וטובעים מכאב,
אך למרות שעננים כהים עשויים לעמעם את כל האור,
מחר אולי השמש תזרח שוב.

כשאני לא פה

כשאני אלך ואתה מתגעגע אליי,
פשוט תעצום את העיניים,
ותקשיב ללב שלך,
כי שם אני תמיד אהיה.

אני אחמם אותך עם השמש;
אני אחייך אליך עם קשתות בענן;
אני אחבק אותך עם קרן הירח;
אני אנשק אותך כשהרוח נושבת.

הרוח שלי תמיד תבוא אליך
לברך אותך בוקר נהדר,
הנשמה שלי תקל עליך
העייפות בערב.

פניי יהיו מגולפים על ורדים,
הדמעות שלי בגשם היורד,
השלווה שלי בדגי הזהב,
הצחוק שלי במשחק ילדים.

אני נשבע לעולם לא לעזוב אותך
בשמחה ובאבל, במרץ ובכאב,
הרוח שלי תישאר לצידך
באור ובקדרות, בשמש ובגשם.

17

בבקשה תסלח לי

בבקשה תסלח לי
כשנראה שאני מתחבאת
עקבות של ההיסטוריה שלנו
בכל פעם שמאוימים.

בבקשה תסלח לי
אם אנחנו לא יכולים להיות
תמיד ביחד,
לנחם ולטפל.

בבקשה תסלח לי
אם הייתי נחושה
לאידיאלים שלי למרות
דכדוך.

בבקשה תסלח לי
אם אשאר בכוונה
נכון ללבי
מול מצוקה.

בבקשה תסלח לי
אם אני מחזיק מעמד
לדבקות הזאת
בניגוד לחברה.

הבטח לי

הבטח לי -
יהיה לך טוב,
חזק ובריא,
חופשי ממחלה.

הבטח לי -
אתה תהיה בטוח,
מאובטח ובריא,
חופשי מאויב.

הבטח לי -
אתה תשמח,
שמחה ומבורכת,
משוחרר מסבל.

הבטח לי -
אתה תהיה בריא, בטוח ושמחה,
לחיות את החיים הכי טובים שלך,
שמח וחסר דאגות.

19

אתה ואני

אתה ואני
קרח ואש,
ירח ושמש,
הגיון ותשוקה.

אתה ואני
צפון ודרום,
אדוני ומשרת,
גן עדן וכדור הארץ.

אתה ואני
שחור ולבן,
לילה ויום,
שמאל וימין.

אתה ואני
יאנג אנדין,
מוזיקה ומילים,
מים ואור שמש.
אתה ואני
לא אותו הדבר,
ולמרות בנפרד,
הם חצאים חיוניים של אחד.

20

סינדרגירל

ברגע האמת,
כשהנסיך בא פנים אל פנים
עם הנסיכה שכבשה את ליבו...

הוא מוצא את כרכרת הזהב החיצונית,
שוטרים, סוסים, מאמן וחלוק,
היו אשליות רגעיות...

זו האישה שהוא העריץ
אינו מדם מלכותי או מוצא אציל,
גם לא עוטה פאר וזוהר...

זו האישה שהוא אהב
בעל רגליים וידיים מלוכלכים,
מרופט, מאופק, פצוע.

ברגע האמת,
האם הנסיך יביט בעיניה
באותו אופן, ולאהוב אותה כל פעם מחדש?

הגן

לדעת שהיית
טיול בגן -
יפה עוצר נשימה,
אבל חולף עד כאב.

המקום שבו פרחים כאילו פורחים
בלי סוף, ובאין סוף,
והלבבות שרים שירים אילמים
ההד הזה לנצח.

איפה ציפורים בכלובים יכולים בחופשיות
שמרו אחד על השני במסירות,
ודגי זהב יכולים לאסוף
לא משועבדים ביחד.

איפה ניתן לעבור מכשולים
דרך גשרים יפים,
ונראה שהקשתות מחזיקות מעמד
בין שקיעות מרהיבות.
שבילים וגשרים בעבר,
פרחי עבר וכלובים,
קשתות ושקיעות בעבר,
כל הטיולים, כמו חלומות, מגיעים למנוחה.

22

הפסוק האחרון

כשהחלום נגמר,
אני מתעורר למציאות -
שאני לא בורא,
או מניע, או מנהיג,
אלא רכוש בלבד.

זה מרחיב את דעתי,
או לחדד את ליבי,
או למצוא חברים,
פחות רלוונטי
מאשר לשרת את אדוני.

סלח לי אם אני חייב
לשמור על השלום,
כבה את האור שלי,
הישארו בשקט
ותעקוב.

את מי אתה שאהבתי?

מי אתה שאהבתי?

אתה הרוח שהכנפיים שלי יכולות להרגיש, אך אינן יכולות לגעת, אתה השמש שבה אני רואה, אך איני יכול להסתכל.

בפעימות הלב שלי מצלצל קולך שמעולם לא שמעתי,

מה שמדבר רק בתפילות שלי כשאני מבקש מאלוהים בשבילך. ראיתי אותך בחלומות שלי - צללית,

הכלום שממלא את הריקנות בלבי,

שאף פרצוף נאה או לשון מפלרטטת מעולם לא הרווה.

לך החלטתי לחכות בטהרה ובתמימות, גם עכשיו בלי הבטחות, הצהרות או חוזים. אותך שדמיינתי בכל רגע עתידי -

בשמחה ובכאב, ברוגע ובמהומה, בחיים ובמוות... היחיד שאי פעם אהבתי, מי אתה?

24

נכון או לא נכון

מהו חטא?
מה לא?
מה טוב?
מה זה רע?

מה לא בסדר?
מה נכון?
מה האמת?
מה זה שקר?

אם ממלא את חובתי
האם מה שנכון,
אז למה כל תא בגוף שלי
צועקים להילחם?

אם אוהבים מישהו
טועה מוסרית,
אז למה כל התאים בגוף שלי
לשיר שיר?
מהו המדריך הגדול ביותר
לעשות מה שנכון?
האם זה החוק?
או שזו אהבה?

לֹא מְרוּסָן

הוא היה סוס פרא עם רוח חזקה,
הם רתמו אותו כדי "לשמור עליו,"
ככל שהוא השתחרר, כך זה התהדק...

ניסיתי לאלף אותו בסבלנות ובחמלה, להתכוונן לרגשותיו, לתת לרוח שלו לשוטט,
אבל הם לא הרשו לי....

אבוי, בקרב בלתי פוסק של רצונות,
רוחו ניצחה להשתחרר
מהקליפה הריקה של גופו החנוק והמרוסן.

שניהם ניצחו -
היה להם את הגוף שלו,
והיה לו רוחו.

זה לא נכון

זה לא נכון
לחשוב עליך יום ולילה
לחלום על החיוך שלך
להציץ לתוך העיניים שלך
ותרגיש את הנשמה שלך.

זה לא נכון
לאחל לך שמחה ואושר
כדי לגרום לך לחייך
כדי להכניס ניצוץ בעיניים
ואש לנשמתך.

זה לא נכון
לקבל את האהבה וההגנה שלך
לגרום ללב שלי תמיד לחייך
לייבש את הדמעות מהעיניים שלי
ותשחרר את נשמתי המשועבדת.

אהבה וחובה

פעם הייתה גברת
מי התחתן מתוך חובה,
החיים שלה היו נורמליים,
שום דבר קסום,
שום דבר טראגי.

היא מצאה תשוקה
במקצוע שלה,
החיים שלה היו יוצאי דופן,
עבודתה היסטורית,
תפקידיה יחידים.

עד שהגיעה אהבה אמיתית,
ושום דבר לא היה אותו הדבר,
החיים שלה הפכו לקסומים,
הימים שלה מיוחדים במיוחד,
הרגעים שלה מרהיבים.

עד שדרשה החובה
מה שהחברה הכתיבה,
חייה הפכו לטראגיים,
הרגעים שלה אפרוריים ומשעממים,
כלוא בנדר קדוש.

28

האם אהבת אמת יכולה לשחרר?
אולי זה כבר קרה,
הלב שלה כבר לא סגור,
גם רוחה לא כלואה,
היא למדה...

לקוות,
לסבול,
כדי להתמיד,
כנגד כל הסיכויים,
מעבר למרחק ולזמן.

קֶסֶם

פעם חשבתי על הקסם הזה
מגיע כמו התנגשות ברק
צועד עם מחיאות רעמים,
או שמש מרשימה בצהריים
זה מצווה על כניעה.

אז כששמים החליטו לשפוך
האהבה שלך כמו גשם עדין,
הלכתי לאיבוד בחיפוש אחר סערות,
ללב פועם מרוחק
נכבש בחוסר אונים...

רק כדי למצוא את הקסם של אהבתך,
כמו השיר הלוחש של הקשת בענן,
או אלומות השחר השקטות.
רק כדי ללמוד את התשוקה האמיתית ביותר
מטפח כמו טל הבוקר.

אהבה היא לא מלחמה, אלא שלום,
זה גם לא שיגעון או אובדן נפש.
זה עשוי להתחיל כזרע, ולגדול
עם זאת לאט ובכאב,
לאלון חזק, ענק ואמין.

פרשת דרכים

אני עומד עכשיו מול המרחב העצום הזה,
לא יודע לאן ללכת,
כאילו כל סיבוב הוא מבוך ללא מוצא,
אבל לעמוד במקום זה לעצור את הזמן,
זה לעצור את פעימות הלב,
ולחזור זה תבוסה.

האם עלי לבחור בין לאהוב,
ולהיות נאהב?
כאשר לאהוב פירושו להתמודד
ירי חיצים שמפלחים את הלב,
אבל להיות נאהב פירושו טירות קרח,
זה יכלא את התשוקות שלי.

יום אחד

יום אחד נלך ברגל
יחף ומוכתם בדמעות
בעבר שיחי קוצים ואדמות צללים...

לדעת את זה מעבר לעננים האפלים
וגשמים מתנפצים, יש מקום של ריפוי שבו הקשתות לעולם לא נגמרות.

כמו סמל בל יימחה בשמים,
כמו בליבנו - הבטחה לאהבה,
של חיים, של שיבה הביתה והצלה.

היום נראה הארץ המובטחת
רק חלום, יום אחד, אדמות הצללים האלה
ייראה רק סיוט.

מבט לאחור

מתישהו במסע שלי אסתכל אחורה,
ותחשוב על השביל שצעדתי בו...
אולי אני פשוט אצחק על הדמעות שלי,
ולטפוח על כתפי על שליקקתי את הפצעים שלי, תוך כדי טיפוס על הרים קרים באוויר.

אך בוודאי לבי יתנפח בגאווה,
זה הפיסוק היחיד של השבועות שלי
הייתה אספת הנבחרים -
משגשג בשירים קנאים ופולחן אמיתי, שופע אמונה איתנה ואהבה מתמשכת.

האם אשאל את שנותיי לאן הלכו, הם יענו: "הלכנו אל אלוהיך שאליו שלחת אותנו..."
רק אז אוכל להסתכל קדימה,
לצעוד את השלבים האחרונים של השהות שלי.

2021

שנה של אהבה ואובדן,
של ייאוש ותיקון,
של סיום והתחלה מחדש.

זה היה חייב להיות
הנסיגה של החורף והסתיו
כדי לסלול את הדרך לאביב.

זה היה קשה,
זה היה מתוק,
ואז, רגוע.

זה היה מעייף,
זה עבר בדיקות,
אבל מעולם לא נכנע.

זה שנה ראוי לציין -
כחי, תוסס ושקט,
כמו המוזיקה של פעימות הלב.

הכלי

זה היה כלי פשוט למדי
בשמירה של מרפא.
הוא הכיל שיקוי חזק
זה עורר עצבים והלהיב
עדיין לבבות מכמעט מוות.

כלי השיט הפך למוניטין,
נחטף על ידי בוגדים,
ומועסק בתחבולות רשעות.
השיקוי שלו הפך לרעל
לזלזול של כולם.

הכלי השתוקק למרפא
והבין את חוסר הערך שלו -
זה היה אותו כלי,
באותה רוח,
רק בידיו של מאסטר אחר.

35

לב כבד

הבמה רעדה במחיאות כפיים,
טבע בזרקור מסנוור
נראה שזה לא פסק...

יורדים מהמדרגות,
היה מבול של חיוכים,
רעד של ברכיים, רעד ידיים.

בתוך הפאר והתהילה,
היה כבד הלבבות,
זה חשב על חומרת המשיכה שלו.

מדוע הלב לא היה מאושר?
מה עורר מבפנים? אף אחד
ידע, אפילו לא בעל הלב.

ללא בעלות

אולי כל המלאכים
דע את שמך,
אני כל כך בלהט
לחש
ברוב שלי
תפילות חגיגיות.

זה מספיק צורה
שאתה בטוח,
דאג ל,
אהוב,
עטוף בזו של מישהו
חום ונשיקות.

תעלומת הוורדים הלבנים

יש קסם מסוים בורד הלבן,
משהו לא רק הוגן וטהור,
אבל ברור ומיסטי,
זה תמיד ילכד את דמיוני.

אכן, הרגע הזה בירך אותי,
טיול על שביל זרוע ורדים לבנים,
כמה אלגנטיים הם נראים, רוקדים עם המלווים המוריקים שלהם,
כשהרוח מנגנת ואלס שותק,
בחדר שינה עם וילון לבנדר.

אבל אני לא רוצה לראות אותם רק,
אז האצבעות החלשות שלי נפלו על גוף אחד לבוש,
רק כדי לגלות את התעלומה -
של ורד לבן מוכתם באדום,
די נרתע מלרקוד עם הגשם הכבד כשהווילונות נסגרים.

לסמוך עליו

לעתים קרובות, אני אבוד
ומסתבכת ברשת
של אי סדר ובלבול...

ואני רק רוצה לברוח
לארץ צחיחה לייבוש
הדמעות כל כך טובות בפנים...

אבל הלב שלי כבד מדי,
והכנפיים שלי עייפות מדי
להתרחק מהפחד...

אז אני נשאר, ומתפלל.
בבת אחת קרני היום
בוא נוצץ בהיר...

כדי לנקות את עיני מדמעות,
ולהמיס את הפחדים שלי,
כי הרשת הזאת אני מסתבכת איתה....

מוקדם מכדי להיחשף,
אינו אלא חלוק מסנוור מסוחר
לבייש את כוחי, לבטוח בו.

האם יבוא מחר?

בכאב מוחץ שראלי תקווה,
בתוך המוח שלה, הגידול גדל,
היופי שהעניק לה פעם אחת
נפגע כעת מהליכה שיכורה,
פנים נוקשות למחצה וראייה מעורפלת.

החיים שהיא נושאת ברחמה
פרח, אבל האימה מתנשאת.
שכל רגע, כל פעימת לב,
כל נשימה אולי האחרונה שלה -
"האם יבוא מחר?" הם שאלו.

עם כל האומץ שהיא יכולה לאזור,
היא הכינה את שלושת הפעוטות האחרים שלה
על עזיבתה הקרובה,
אבל בליבה היא מתפללת,
מבחינתם, עוד כמה שנים להישאר.

בכל ייסוריה, היא מבינה,
שיש אלוהים שמקשיב,
יש אלוהים שמרפא,
אלוהים שמנגב את כל הדמעות -
אלוהים של המחר האינסופי.

עכשיו היא יושבת ומחייכת,
בשלושת הפעוטות שלה ותינוק שזה עתה נולד,
לאחר ששרד את ניתוח המוח שלה.
היא יפה פי שניים עכשיו,
מקרין חיים, תקווה ואמונה

המחר שלך

אני מקווה שכל המחרים שלך
יתמלא ב
שמש וקשתות.

אני מקווה שכל המחרים שלך
יתפזר עם
פרחים וחברים.

אני מקווה שכל המחרים שלך
יהיה ממוקם
איתן סלע ובלתי מנוצח.

אני מקווה שכל המחרים שלך
יהדהד
באהבה ובצחוק.

אם למען השלום והטוב,
יכול להיות שאני לא שם,
היום, אני אחגוג את המחר שלך.

אוֹר הַלְּבָנָה

הלילה, אהובי,
אני מתבוסס תחת אור הירח המלא;
לא פחות מהופנט,
מאשר כשאני רואה את הפנים שלך.

כמו שלבי הירח,
במלוא יופיו המפתה;
לא פחות עוצר נשימה,
יותר מסיפור האהבה שלנו.

לפעמים זה מסתיר,
לפעמים זה מחייך,
קסום לא פחות,
מאשר כשזה מהלל.

הלילה, אהובי,
אני אתענג על אור הירח המלא;
לפני שהברק שלנו ישתוק
לְאוֹר הַיּוֹם.

תפילת הורים

לך, אלוהים, אנו מציעים
בכור יוצא - פלא החיים
שברכת והפקדת
אותנו ההורים להנציח
ברצף של הנצח.

נא להדריך אותה במבוך
מהתשוקות והשאיפות האנושיות,
כדי שהיא לא תלך שולל
מהתוכנית המושלמת.
הסמכת אותה
עוד לפני שנכנסה להריון.

אנא עצב את ידיה בחריצות,
ליבה יחשל בכוח שקט,
טוהר, ענווה ושעבוד,
במוחה, טבוע את חוקיך,
שהם יסוד החכמה.

אבוי, אלוהים, בבקשה תהיה מבצרה
ומקדשה בעולם
עובר ריקבון,
שאולי יש לה ריח ריחני לפניך,
כל ימי חייה המסורים.

בן יקר

כשאני מסתכל לתוך העיניים הנוצצות שלך,
אני לא יכול שלא להיות מהופנט,
כמה פוטנציאל גדול רדום
בלהבה הקטנה והלהוטה בנשמתך -
אני רואה אותך מחזיק אדמה בכף ידך, אני רואה אותך מצית את העולם במילותיך,
אני רואה אותך מגשר על קווי זמן, פותח חורי תולעת, אני רואה אותך מבחין בחוקים אוניברסליים שעדיין לא ידועים.

אני אוצר את הרגע הזה, בן, עם היד הקטנה שלך מחזיק את שלי, ומעלה זכרונות בחיבה -
איך האמה הקטנה הזאת חסמה מכה שנועדה לאמא, וחבטה בחיה אכזרית פי שניים מהמסגרת הדלה שלך,
איך הזרוע הקטנה הזו הקיפה את כתפי הרועדת,
שחרר את הגידים שלי, הפשיר את לבי,
איך השפתיים הקטנות האלו העניקו אלף נשיקות,
להמיס את העייפות שלי ולשבור את ההגנות שלי.

אני מאחל לך לחזור הביתה כל יום שלם,
עם חיוך מסביר פנים נוצץ כמוך,
בזרועות חמות ונשיקות עוטפות אותך בשקיקה, עם בנים ובנות משלך לגדל
מה שתמיד עשית, ואחרי כל הצחוקים, כולכם נכנעים ללילה בתרדמה שלווה.
אני מקווה שיום אחד מישהו ימשיך לנשק אותך לילה טוב
לשארית חייך המתוקים, השלווים והמרהיבים.

אני אזכור אותך

אני אזכור אותך -
בשחר חיי, כפי שאתה מטפח
אותי עם ידע וכוח לשיא, כפי שאתה מכוון את דרכי הרחק
רדיפות חסרות טעם של יהירות אנושית.

אני אזכור אותך -
במעמקי הייאוש והבדידות,
אחרי רגעים חולפים של הישג,
במרומי החוכמה וההבחנה,
כשהכאב נרפא והעמלים הסתיימו.

אני אזכור אותך -
כשאני צועדת במעבר כדי להשמיע את נדרי,
באיחוד שיחיה מחדש את קסם הבריאה. אקריב לך את בכורי כרמי, ואשאיר לך את מבחר יבוליי.

אני אזכור אותך -
עד שאתה היחיד שאני יכול לזכור,
כשאפילו זכרוני מהמרחב והזמן דעך, עד שצל המוות יגנוב לי את נשימתי האחרונה,
עד שלא יזכרו אותי יותר...
אזכור אותך, אדוני.

אל האור

הו נשמה עייפה
בייסורים,
מגשש וגעגוע
למגוון של אור,
עצימת עיניים מחטא,
נבגד אל הפיגום
מבין הנידונים
למוות.

שמע לקריאתנו,
כבשה אבודה!
הידיים שלנו מושטות
כמו שהגיעו אלינו קודם לכן.
פקח את העיניים
אל האור
איפה שאלוהים מחכה
להעניק לך חיים.

לחופים שלווים

בעיצומו של אוקיינוס של ייאוש,
אני לא יודע לאן ללכת.
אם אני אלחם, הגלים ימשכו אותי
ירידה לעומקים סוערים.
גם אם אני מנפנף בזרועותי בכל הכוח,
כל כוחי יתרוקן, חסר תועלת,
אבל אני לכוד בעצום
זה הרבה מעבר לי,
מעבר לחוכמתי, מעבר לכוחי,
אבל לא האמונה שלי.

אז אני עוצם את עיניי ומניח את ראשי
נגד מים זועמים,
למרות שגלים רועמים נוגסים בבשרי,
אני עוצם את עיניי חזק עוד יותר,
ותנוח עוד יותר באוקיינוס הייאוש,
בידיעה שיש לי מאסטר,
מי לבדו נמצא מעבר לכל העצומות הזו,
מי ישא אותי לזרמים רגועים יותר,
מעבר למעמקים, מעבר למערבולת,
אל חופים שלווים.

רשת העכביש

הספינר הגדול
צעדים לאחור, כמו אלוהים
מהיום השביעי,
מוזס במגדל השן הזה,
מלטף את עצמו בשקט
לרשת כל הכבוד,
תוך כדי רודף בסתר
טרף למשתה.

זה כמעט ניצחון
צהלה, עבור המתוקים הם
פרי עמלו של האדם, אבל לא
עבור נפילות רגליים ממהרות.
עוד ספינר יוצא לעבודה,
מינים שונים, צורה שונה,
אותו רשת שבירה,
אותו גורל.

קצוות כדור הארץ

זה דמדומים,
נותרו רק עוד כמה שניות
לפני נצנוץ של אור
מפזר את החושך הצפוף הזה.

ובכל זאת, טרור מאכלס את כדור הארץ,
היא מייללת עם לבה מפיה.
הים שלה מתערבלים, האדמות שלה רועדות,
הדם שלה מזיק, היא מתנשפת בנשימה.

האיש שהיא מערסלת בחיקה
הוא גם נואש,
הוא נגוע במחלות לא ידועות.
ברעב הוא מידרדר.

הוא בונה מדינות לאום בתקווה להתאחד,
רק כדי לחלק עוד יותר,
לתוך ארצות ואידיאולוגיות שלמענן הוא יילחם על חשבון חייו של אחיו.

הוא עדיין מתענג מהפרי המר,
שמגן העדן הקודם שלו מתבודד,
על ידי יצירת עולמות דמי של פיצוצים אקראיים,
מכונות חשיבה, קופי אדם מתפתחים, ואלים חסרי אונים.

בתוך כל הגדולה והחוכמה הסובייקטיבית הזו,

האדם החליט לסיים את שלו,
קיים כמו חיה אכזרית, ותטבע
ברגעים קצרים של הזיה.

כדור הארץ, היא מייללת; ואדם, הוא צורח;
שניהם אכן סובלים,
ובכל זאת הלב שיכול לרפא אותם
קר ורוצה.

זה קרוב לשחר,
אבל הטרור הגדול ביותר עוד לפנינו,
כאשר כל אלה שניתנו את הכוח לשפוט
יישפט בהתאם.

כאשר כל מי שבחר בדרך הנכונה,
ייבחר לדרוך באור,
וכל מי שהחזיק מעמד עד הסוף
יירש ארץ מובטחת.

ההר העולה אולימפוס

אני כאן עובד על כף הרגל
של הר האולימפוס, ליד
עצים מוצלים וגדות נהר,
עדיין ליד ציפורי אהבה
להכיר אחד את השני.

אני כאן צופה בהמון
של אנשים השואפים להיות אלים, זוחלים
על פני מדרונות תלולים וחלקלקים,
זה על הגב של זה, כמו סרטנים
בסלסלה של סבבה.

אני כאן כי שום דבר לא
שם למעלה, רק ריקנות חונקת נצחית
של הרים קודרים ועקרים
נגד ספרי היסטוריה, עדיין לא ירד
זה להיפטר בשקט כמו...

אני כאן.

כל יום

כל יום הוא כמו מתנה -
אנחנו צריכים לפרוק,
חתיכה אחר חתיכה,
שכבה אחרי שכבה,
בכל שנייה.

כל יום הוא כמו דף -
אנחנו צריכים לכתוב,
כפי שהגורל מספק,
סצנה אחר סצנה,
סיפור חיינו.

כל יום הוא מתנה -
אנחנו צריכים לתת,
כדי לציין את המהות שלנו,
לשרת את המטרה
על הקיום האדמה שלנו.

מְטוּפָּח

"אתה יקר בעיני, ו
כבוד, ואני אוהב אותך."
נהגת לומר לי שאני מוקיר
כמו תפוח עיניך,
אפילו קווצות השיער שלי נספרות.

אז הלכתי בחיים ללא פחדים, כאילו כל הלהבות ביקום זהות
כמו האח החם בבית.
בלי לדעת הונאה, האמנתי להכל,
והכל, האמנתי, טוב.

עד שחום לוהט המיס אותי כמו
שעווה כורע ברך לפני עריץ חירש.
כאב דוקר, אז ככה זה הרגיש.
לזמן מה,
חשבתי, "אתה אלוהים, ואני אמאן
מה אני שתהיה מודע לי?"

מעולם לא חשבתי שכאשר נשמתי הוצתה, נדלקתי בזרועותיך,
כמו תינוק שנרחץ על ידי אמו,
אז זה צריך להמיס כמו שעווה,
אהיה יצוק לפי דמותך.

אולי מאה חכם וחזק יותר,
על אחת כמה וכמה אני מאמין בזה אפילו

קווצות השיער שלי נספרים.
כל עוד אני שואל, "אתה אלוהים, אני אמאן,
מה אני שאתה מודע לי?"

בפינה האפלה הזו של היקום

בפינה האפלה הזו של היקום,
אני מנסח את הטירות שלי,
ולשיר לרצון לבי.
כשאף אחד, אפילו לא אני,
יכולים כאבי דוב,
וכל הגברים כואבים מדי
שיכאב עוד קצת,
ואז הפינה האפלה הזו,
והשקט המתוק הזה,
ורק קצת אמונה,
יעשה טירה ושיר,
לרפא את היסורים
בנשמה שלי.

לחייך

חיוך. לִצְחוק. לְקַוּות. אהבה.
לְטַפֵּס. לָרוּץ. לטוס, זבוב!

לְהַחזיק. אמון. לְקַוּות. לגעת.
לְמַצְמֵץ. לשבור. אֲנָחָה.

לִשְׁאול. לָלֶכֶת? להתחבא. לָלֶכֶת?
לַעֲמוד. לָלֶכֶת? לְנַסות.

אהבה. בוכה. לְקַוּות. בוכה.
מנוחה. לְהִתְפַּלֵל. חיוך!

רגע רגעי

עצום את עיניך כדי לראות את נשמתך,
תשתוק ותן ללב שלך לדבר,
תקשיב לשיר שמעולם לא שמעת קודם,
כשאתה נכנע לכוח רוחו.

לחוות את הנצח ברגע,
להתענג על חלקת גן העדן הזו,
תן לו להיות הנשק היחיד שלך,
תן לו לנקות את הערפל מעיניך.

הוא חיכה לך, יצירה אהובה, מאז שהעולם היה צריך מים ואור,
תחזור אליו ותבנה מחדש את האיחוד,
שבחו אותו בכל נשמתכם, לבכם ועוצמתכם.

אל תן לזיכרון הזה לעזוב את ההכרה שלך,
חווית את החוכמה הגדולה ביותר,
מילאתם את חובתו הבלעדית של האדם.
פקח את עיניך, קום והתמודד שוב עם העולם.

מילות הקסם

הרבה לפני שמגדל בבל נפל,
האדם המשיך לתקן את השבור
שפה שעשויה לסלול את הדרך לגן עדן,
ועדיין, מילות הקסם נותרו בלתי נאמרות
כי ידע מילא את לבם של בני אדם...

עד כדי איוולת. יצורים מסכנים, נפלו
מלאכים, שכנפיהם ותקוותיהם נשברו, כמהים נואשות לפיסת גן עדן.
אם רק הם יכולים לשמוע את הבלתי נאמר
מילים טבועות עמוק בלבם של גברים.

הרבה לפני שגן העדן נפל
לחכמה, כאשר הופר החוק הראשון.
ובכל זאת, הדרך חזרה לגן עדן
היה מונח בכוונה על מילים טוב יותר שלא נאמרו- מנטרה הקסם שתמזג את לבבות הגברים.

הבית שלי

אני אוהב את ביתך, אדוני,
זה היה הבית שלי.
בדממת ביתו נשמעים פעמונים מנצנצים,
בשלווה שלו יש חגיגה של נשמות ומלאכים,
בגבולותיו יש חופש מאשמה וכאב,
בפגיעות לכאורה שלו יש כוח ו
בִּטָחוֹן,
בפשטות האמת שלה טמונה החוכמה העמוקה ביותר,
כאן אני עוצם את עיניי ורואה את האור הבהיר ביותר שיש לי
ידוע,
הייתי רוצה לחיות באור הזה, אדוני,
ותישארי כאן איתך בביתך לנצח

אנו מודים לך, אלוהים

אנו מודים לך, אדוני בכל הכוח
זאת למרות המצוקה היורדת של העולם
מתנשא על האנושות כמו הלילה,
שלחת את הכוכבים שלך להיות האור שלנו,
שלחת את המדריכים שלך כדי להראות את הזכות
נתיב פחות מטייל לחיי נצח.

אנו מודים לך, אדוני בכל ליבנו,
אנו משבחים את שמך בכל נפשנו,
אתה אוסף אותנו להיות עדר אחד,
מקצה העולם הבאת אותנו הביתה.
שטפת את חטאינו ללבן מסנוור,
ברכת את חיינו, קראת את חייך.

אמונה ותבונה

נהגתי לטפס על הגג שלנו,
צפו בכוכב נופל,
מאחל, ותנמנם בשמחה,
עד שהתבקשתי להוכיח,
אם אלוהים קיים, אז איפה הוא?

חיפשתי את לבי, את הגבהים, את המעמקים,
היכן שגם תעלומות הורו להיות מקריות,
והחיים, עצומים ומושלמים מכדי להתפתח,
מצביע בבירור על בורא מדהים,
שפשוט נמצא בכל מקום.

ובכל זאת, גברים כל כך חכמים בעיניהם,
להאמין רק במה שרואים, ו
מעבר לספק סביר, מוכח
על ידי מוחותיהם השבריריים שכוחם
כל כך בקלות מהבהב.

בעוד שאחרים, בגלל יותר מדי אמונה,
הגיון מוזנח, עכשיו שולל ועבד,
ובכל זאת עדיין מחזיק מעמד, חזק ונחוש
לדוקטרינות הלועגות להגיון שלהן
פנים אל פנים.

עכשיו משוחרר מהיגיון והונאה,

מבורך באמונה באמת,
אני עדיין מטפס על הגג שלנו,
שימו לב לכוכבים נופלים,
התפלל ותנמנם בשלווה.

פוטר, היוצר שלי, האהבה שלי

ידיך החשופות יצרו אותי מעפר,
התחמם בנשימה של חיים ותודעה,
להכיר אותך, הפוטר שייצק אותי למשהו ומישהו.

פעם אבודה בעולם שבו חוכמה מהבהבת מנחה מבוך של עושר וכוח,
הרימת אותי אל השמש העולה שבחרת, עשית לי קרן זוהרת של אמת.

הייתי עפר, ימי ספורים,
וחטפת אותי ממוות,
לטפח, להדליק, לאהוב,
להיות אחד היקר שלך.

הקדר שלי, היוצר שלי, האהבה שלי,
אני מציע לך את הכוח שלי, את הנשמה שלי, את עצמי,
כמה שאני ענווה, בשרת אותך,
יחרוג מגבולות החיים.

כאשר להבה מתה

הרוח הקרה של דצמבר
גונב את הלהבה האחרונה של המנורה שלי.
בעיוורון, שרבטתי, שאלתי
זוהר מחצי ירח בעל כורחו,
כאשר פעם סהר, מעורסל
אוהבים בזרועותיו,
מחייך במתיקות בערב הקיץ.

מחייך במתיקות בין הרוח הקרה של דצמבר, מעלה זכרונות איך הרגשתי להיות עריסל
בזרועותיך, כשהלהבה שלנו
יכול רק לבייש את הכוכבים הלוהטים,
עד הרוח הקרה של דצמבר
גונב את הניצוץ האחרון של אהבתך,
בעיוורון עקבתי אחר הצלקות
הגחלים שלך חרוטות
בליבי השרוף והצונן.

תנוח באמונה

נוח, לב יקר, נוח במיטת התמימות.

אל תלחש, או שיר,

או חוכמה ותאימות,

או פרצוף מלאך וזר ההבטחות שלו תעיר אותך מתרדמתך השלווה.

שקט עכשיו, לב יקר, העולם אכן רועש, אולי הוא פשוט להוט מדי לרסק את הקליפה שלך,

לראות איזו אבן חן מסתתרת בפנים. אבל אל תפריע,

זהב חייב לעמוד במבחן האש,

והיהלומים נשארים ללא פגע.

תהיה בשקט, לב יקר, תהיה טהור, תהיה ללא נגיעה,

אל תפחד, כי ההרים הם שומר גדול מדי. גם אתה לא צריך לשנוא זמן, היא המשרתת שלך,

כמו הגאות והשפל של הים, היא גורפת בעדינות את עקבותיהם של המנסים לפלוש.

תישן בשלווה, לב יקר, ובקדם ממה שאתה מצפה,

אביך יברך אותך עם מישהו

שזרועותיו חיכו זמן רב לחום שלך.

הוא יהיה השומר שלך, הצבא שלך והטירה שלך, כוחך למשך שארית הרגעים המאושרים והערות שלך; אבל לעת עתה, לב יקר, נוח באמונה.

הוא לעולם לא ישבור לך את הלב

אם אתה מחפש אהבת אמת,
זה תמיד טרי וחדש,
אז אל תחפש יותר פשוט תסתכל למעלה,
ה' השתוקק אליך.

אם כואב לך וכואב לך כל כך,
לאהבה שנקרעה לגזרים,
אז פנה לאלוהים, הוא לעולם לא יעזוב אותך,
הוא לעולם לא ישבור לך את הלב.

אם אתה מתגעגע אליו, הוא לא נעדר
מעבר לשמיים זרועי הכוכבים,
למרות שאהבתו עשויה להיראות חצויה,
ככל שזה מתרבה יותר.

אהבת את ה' בכל ישותך,
תציע לו את חייך,
בעובי ובדק פשוט בטח בו,
הוא לעולם לא ישבור לך את הלב.
ואז בזמן הנכון, הוא ימצא
את מי שחיפשת,
בשמחה ובשלום, לא שניים אלא אחד,
אתה תאהב אותו על אחת כמה וכמה.

אם כי מוקדם מדי חייך עלולים להסתיים,
אהבתו של אלוהים לעולם לא תיפרד ממנו
הילדים והנכדים שלך,
הוא לעולם לא ישבור לך את הלב.

חפש, זורח ושתף

חפש אמת, חפש חוכמה, חפש אהבה, לראש הכול, חפש את רצון האל,

לעולם אל תהיה בטוח,

עד שהם יהיו שלך לתמיד,

הם האוצרות הכי גדולים שיכולים להיות לך.

ברגע שיש לך אמת, אמונה ואהבה בליבך, תן להם להוביל את דרכך ולהאיר את דרכך,

גם כאשר מדוכאים,

גם כשהם מודחקים,

תחזיקו בהם ואל תתנו להם להיפרד.

אז הזוהר שלך לעולם לא יכול להיות מוסתר,

להוביל אחרים לצעוד בדרך שעברת,

בשיתוף האור שלך,

זה מתרבה,

אתה תזרח כמו בהירות השמים.

פגוש אותי שם

רחוק מהקהל מטריף,
היכן שהצעקות והקללות שלהם נעשות מרוחקות, מושתקות והופכות לשירי אהבה מרגיעים.

איפה שאזיקים נשברים
ואסירים משוחררים, שם גזרי דין
והחוזים אינם חתומים, כמו ציפורים שהוצאו בכלוב.

בוא נטוס למקום הסודי הזה
איפה ורדים פורחים, כוכבים זוהרים,
וריח הלבנדר ממלא את האוויר.

איפה אימה ופחד
אולי נמס בעודו עטוף
בידיים חמות, חיבוקים חמים ונשיקות נלהבות.

איפה ספק ובלבול
אולי נוקה עם השחרור,
שרק מיזוג הנשמות התאומות יודע עליו.
איפה שאי אפשר להשתיק אהבה,
איפה שכל שנייה היא לנצח,
אבל לנצח זה קצר מדי.

איפה שאין מקום או זמן,
רק אושר בלתי נתפס, קשתות בענן ואיחוד של חצאים שהלכו מזמן, פוגשים אותי שם.

לחיות

מישהו יכול ללמד אותנו מה זה לחיות?
האם זה להתקיים מיום ליום?
להאכיל, לישון, לנשום?

מישהו יכול להדריך אותנו היכן לגור?
האם זה כדור הארץ, הרוח, השמים?
או שזה המגדלים, הארמון, הכוכבים?

מישהו יכול להדריך אותנו מתי לחיות?
האם זה השתיל הפרחות, המסנוור והפורח?
או שמא זו המרווה הרכה, המתובלת, הדוחה?

מישהו יכול להאיר לנו למה לחיות?
האם זו הפריחה בחיק וברחם?
או שזו המשימה, החזון והנציבות?

מישהו יכול להראות את ushow לחיות?
האם זה לבחור, לחלום, לעשות?
או לצחוק, לאהוב, להתענג?

מישהו באמת יכול לתפוס
מה, איפה, מתי, למה ואיך לחיות?
או שזה הכל, ופשוט? לחיות.

האחד שאני אוהב

האחד שאני אוהב
האם מגדל,
למשל
וגם סטטוס.

האחד שאני אוהב
האם האוויר,
תמיד שם
לנחם ולטפל.

האחד שאני אוהב
האם נשר,
עף ללא הרף גבוה
בתוך כל סערה.

האחד שאני אוהב
האם המגדל שלי, האוויר שלי, הנשר שלי,
המגן העז שלי,
מקור החיים וההרפתקאות שלי.

אם אכפת לנו

אם webut אכפת לראות
השטיח עוצר הנשימה
של גוונים רכים, ססגוניים
מוטל בשמים עם עלות השחר...

אם webut אכפת להקשיב
הרבה לפני שאנחנו מתעוררים
לסרנדה המתוקה של ציפורים
מברך אותנו בוקר יפה...

אם webut אכפת להרגיש
הרוח הקרירה כמו נשיקה רכה,
החיבוק החם של הזריחה,
ליטוף המים הזורמים בעדינות...

אם webut אכפת לשים לב
אין ספור המתנות
הרעיף עלינו בלי סוף
יום אחרי יום אחרי יום...
ואז נבין
כמה אנחנו מיוחדים,
כמה מוערך בעיניים
של בורא אוהב ואוהב.

העץ

נשען כמו מדינאי,
קורן באלגנטיות -
אם זה לא היופי שמתאר את העץ,
מה עוד יכול להיות?

בתא המטען החזק שלו
רשום היסטוריה,
ניתן למצוא ציר זמן
בלב העץ.

דפוסי הענפים שלו
הצג מורכבות מדהימה,
עושר העלווה שלו
חבל על גולת הכותרת של אישה.

כמו כוכבים בשמי הלילה
האם הפרחים שלו בשיא פריחתו,
הוא נובע מעיין החיים
מנשימתו ומרחמו.
בשקט שלו יש כוח
זה עומד במבחן הזמן,
ביופיו, בחוכמתו ובערכו,
מה יכול להיות אפילו יותר נשגב?

ההפסקה

מה עושה מוזיקה?
האם זה רק ההערות,
העליות והשפל,
או השקט שביניהם?

מה עושה מיכל?
האם זה רק ההיקף,
המבנה שמסביב,
או החלל הריק שבתוכו?

מה עושה את היקום?
האם זה רק הכוכבים,
כוכבי לכת וגלקסיות,
או הרחבה העצומה התלויה?

מה עושה זמן?
האם זה רק השניות,
שעות, ימים וחודשים,
או התיווך המרווח?
מה עושה חיים?
האם זו תמיד תנועה,
קורה, מגיע, משיג,
או הרגעים השקטים שלא רודפים אחרי כלום?

אני אשאר איתך

אני אשאר איתך
דרך הגשם,
לייבש את הכאב שלך,
להיות הקשת שלך.

אני אשאר איתך
כשאתה מבולבל,
כאשר האורות מתפזרים,
אני אשפר את המיקוד שלך.

אני אשאר איתך
כאשר אתה בספק,
כשהפחדים משתקים,
אני אהיה התרופה שלך.

אני אשאר איתך
בשיא החום,
בכל פעם שאתה רועד,
הזרועות שלי יכסו.
כשאתה מרגיש כחול,
כשכולם אבודים ונעלמים,
כשתחזור לאף אחד,
אני אשאר איתך.

עֶרֶשׂ דְוַי

אחרי יום עייף
במשרד האלגנטי שלך עם קירות זכוכית,
להתיר את הבלגן של יחסי אנוש,
שמירה על הבריאות הפיסקלית של תאגידים,
אתה מגיע מאוחר בלילה,
באחוזה שהרווחת קשה,
להניח את ראשך השחוק
במיטת הקינג סייז שלך,
כפטפוט האינסופי של הקולגות שלך
עדיין רודף את החלומות שלך.

עבודה היא חיים, וחיים, עבודה,
כשהימים הופכים לעשורים במהירות,
חוטפים את החיוניות של הגוף,
ולא משנה כמה הרווחת,
או איזו חוכמה בלתי נתפסת למדת, יום אחד, אתה צריך להתמודד עם הסוף,
להנחות את ראשך השחוק שוב.
מכל ההישגים והחפצים
בילית את כל חייך בהרוויח,
על ערש דווי, מה אתה יכול להביא?

סִיוּם

המוח הימני והשמאלי
בכלל לא אותו דבר,
אפילו לא מראות בתפקוד.

כל אחת מעיני ימין ושמאל
כסה חלק מהראייה
עיוור לאחר.

הגוף והנשמה,
אם כי שונה בצורה
חייב להתכנס כדי להיות אנושי.

לגבר אישה,
באופן מובחן מממד אחר,
ובכל זאת באופן ייחודי ההשלמה שלו.

נְצחִי

מושג הזמן היה
עתיק כמו הזמן עצמו,
וזה היה שימושי מדי
הפשטה.

מה אם יש באמת
אין עבר או עתיד?
רק אינסופי
מתנה.

האם זה באמת אפשרי
זה מה שאנחנו עושים היום
עשוי לבטל עבר,
ולשכתב את ההיסטוריה?

המרד הגדול ביותר
בתולדות האדם
יהיה הביטול
של זמן.

עבר רחוק

למה אני תמיד מחפש
באירועים אחרונים כמו
הם היו עבר רחוק?

כאילו שקוע באוקיינוס,
כל הקולות עמומים,
וכל המראות התעממו.

למה אין היצמדות
לזכרונות המוערכים
עשיתי קומפילציה בעדינות?

כאילו אין עבר, הווה,
או עתיד, הכל קורס
למה שאפשר עכשיו להרגיש ולראות.

לְהַבִּיט

הנה ה' הכול יכול,
ממעונו השמימי -
כשאנחנו חושבים לבד,
הוא רואה את מעשינו,
ושומע את תחינותינו.

הנה ה' צבאות,
מי מגייס את צבאו -
כשחשבנו שהפסדנו,
הוא נלחם את הקרבות שלנו בשקט,
ומנצח במלחמות שלנו בדיסקרטיות.

הנה, מלך מלכי המלכים,
הבעלים של הכל -
כשנראה שאין לנו כלום,
הוא פותח שערים, נהרות וסופים,
להעניק לנו ברכות בלתי צפויות.

הריק

חומר הוא כל דבר
זה כובש
החלל, ולאחרים,
כל מה שחשוב.

ובכל זאת בחלל,
יש מקומות
איפה חשוב
לא משנה.

בחיפוש אחר דברים,
ממצא משמעותי
לפעמים חסר,
וזה כלום.

הריק, הוואקום,
החלל חסר החומר,
ההתחלה, הסוף,
מכל האפשרויות.

הנסיעות

החיים הם הרפתקה אחת יפה
של טרמפים וטיולים מרגשים
אל הלא נודע פעם.

אל ים ועמקים לא מוכרים,
הרים ואוקיינוסים,
יצורים ותרבויות.

לרכבת הרים של רגשות,
שיא גבהים מרנינים,
ושפל של שפל מתרופף.

יוצאים מהפחד שפעם פחדו ממנו
על ידי ידיעה וחוויה,
רכיבה, תחושה ומעבר.

הציפור הקטנה

למעלה מעל החומות,
הציפור הקטנה עפה
בין סניפים.

שרה בשמחה
במקהלת שחר
בין שאר ציפורים קטנות.

מתענג על הרגע,
מתעלם מכל דרישה
להזנה.

אני אתה, ציפור קטנה,
לא ידוע עדיין לא כלוא,
מרוצה מתנת השיר שלו.

עננים

אמא, כשגשם יורד,
האם עננים בוכים?
אמנם אין להם כנפיים,
איך הם יכולים לעוף?

אמא, איך הטעם של עננים?
האם הם מתוקים?
האם הם צמר גפן מתוק אמיתי,
כמו מתנות שנסחפות?

אמא, האם יש באמת טירות
מעל העננים?
אתה יכול להעלות אותי לשם,
כשאני מפחד מהמונים?

פַּרְפַּר

מי מכיר את המסע
נסעת בכאב,
מאניקי זחל
זולל עלים ופרחים.

מי מכיר את הבדידות
סבלת באומץ,
עטוף בגולם שלך,
בלי לדעת מתי תיוולד מחדש.

עכשיו פרפר יפהפה ומלכותי,
מי שגונב מבט כשאתה עובר ליד,
עומד גבוה, עף חופשי וגבוה,
מתעלה על נסיונות החובה של החיים.

היקום שלנו

יש יקום
איפה אתה ואני
ללכת יד ביד
ללא דאגות וללא הפרעות...

ליד שפת הים,
עם גלי הים
מנשק את הסוליות שלנו
ומרגיע את נפשנו.

בגן שליו,
עם פרחים פורחים
מרבדים את דרכינו
ומחמם לנו את הלב.

מסביב לבית המתוק שלנו,
בצחוק של בנותינו
ממלא את הקירות והאולמות,
כמו מוזיקה באוזנינו.
עד אחרון ימינו,
עם הזכרונות האוהבים שלנו,
כמו השקיעה של חיינו,
עדיין זורח במוחנו.

אני מתגעגע אליך

אני מתגעגע אליך
כמו איך המנעול
מתגעגע למפתח שלו,
בכל פעם שהוא סגור.

אני מתגעגע אליך
כאילו איך הם
מתגעגע ליאנג שלו,
במעגל החיים.

אני מתגעגע אליך
כמו איך היונה
מתגעגע לרוח,
בזמן שהוא עף.

אני מתגעגע אליך
כמו איך הגוף
מתגעגע לנשמה שלו,
מהות הווייתו.

מלבד

לפעמים, אנשים ודברים
מי שנועדו להיות ביחד
נועדו להיות בנפרד.

כמו רגלי שולחן,
או איברי כיסא,
כמו עמודי הפרתנון.

כל קרוב יותר יתפורר
כל המבנה,
חזק יותר כאשר רחוק יותר.

הם צריכים להיות בנפרד
להיות חלק חיוני
עם מטרה גדולה יותר.

לעשות אהבה

איזה קסם גדול יותר יש שם
מאשר מיזוג של שתי נשמות?
כשאפילו פעימות הלב שלהם
פאונד בסימפוניה,
לריקוד לוהט
זה יכול לטלטל את היסודות
של פיכחון וחברה.

איזה יופי גדול יותר מתואר
באיחוד הניגודים,
בצמוד
של אור וחושך,
של חלשים וחזקים,
של יין ויאנג,
של שורות ושירים.
לאיזו ברכה גדולה יותר מגיעים
בפסגת העונג,
פעם פיצוץ חזק
שוחרר,
והשלווה שולטת,
עוטף את המאוחדים
בלהבת האהבה החמה
מאיפה הכל התחיל, ולעולם לא נגמר.

הַרְשָׁעָה

כל לילה על הכוכבים אני לוחש תחינה,
בעודי עוקב אחר פניך בין חללים מנומרים,
שאתה, אהובי, תהיה כאן כדי לסעוד איתי,
הכי נהנו מהסעודה שפעם לא היה בה;
להתענג על הנשיקות שלך יותר מיין,
מתמוגג מהקלילות של המגע שלך,
ובמבטך, איך מאירות קבוצות כוכבים!
שום מראה אחר עלי אדמות לא משמח אותי במיוחד.
אבל אנחנו, אהובי, שבויי הגורל,
נזוף לעול ולמחסום לכל החיים,
עם קירות בשמיים אטומים לשטף האהבה, לא ניתן להפריד את מה שאטום ומחובר. כך בכל לילה ישמעו הכוכבים בכי
כי לעולם לא אמסור את אהבתנו למות.

פגום

הזהרת אותי -
שאתה פגום,
מצולקת ומפוחדת.

הייתי מרוצה -
אם היית שלם,
לא יהיה יותר מקום.

גם אני מזהיר אותך מראש -
גם אני פגום,
פגום ומפחד.

זה פשוט כל כך נפלא -
איך הקצוות המשוננים שלנו מתנפצים
ליצור לב שלם.

לשחרר

אני אוהב אותך
עם אהבה
זה אף פעם לא בבעלות.

החיוך שלך
יהיה החיוך שלי,
עם זאת זה עלול להכאיב.

החלטה שלך
האם החקיקה שלי,
סופי ובלתי ניתן לביטול.

אני אוהב אותך כל - כך
לשחרר אותך
איפה שהלב שלך משתוקק.

פעם הכנפיים שלך
עייפים,
אני נשבע, בתוכי
תמיד יהיה לך בית.

סוף עונה

כשהיית יתום,
החזקתי אותך בזרועותיי,
כי היית צריך אמא,
וסלל את דרכך בדיסקרטיות,
להמשיך בעצת אביך.

ראיתי אותך גדל בכוח ובעוצמה,
ניצחו במלחמות, כבשו ממלכות,
עכשיו, אלגנטי על כס המלוכה שלך,
זמני הגיע,
המשימה שלי הושלמה.

לא משנה כמה יפים עלי הכותרת
של פרח יקר ומקסים,
כשמגיע הזמן להפרות, הם נופלים.
אפילו השמש שוקעת בצורה מרהיבה,
כדי לחשוף הצצה ליקום.

יקירתי, אהובתי,
אולי הגיע הזמן לשחרר יד,
ולהיכנע לתוכנית השמימית,
בעולם מחושב בקפידה,
כל האירועים עוצבו.

הַתְחָלָה

כשאנחנו צועדים במורד המעבר,
היד הקטנה שלך מחזיקה את שלי,
נראה שאנחנו עוברים
נקודת אל חזור.

לא משנה כמה חמוד ומצחיק
הימים הישנים והזהובים שלנו היו,
הגורל הוא לעתים קרובות מוזר
להפוך אותנו כלפי מעלה.

בטווח הזמן שניתן
לכל בן אדם,
כל פרק הוא אתגר,
כל סוף התחלה.

כשאתה צועד לכל רמה הבאה
עם אחריות וכוח גדולים יותר,
ההבטחה שלי היא ידך בידי,
יחד נתעלה על כל הניסיונות.

קֵיסָם

יש רסיס
נדקר בליבי,
זו תהיה טעות קטלנית
כדי לפרק אותו.

יש רסיס
תקוע לי בעין,
הדמעות זולגות כמו נהר,
לא יכול להיפרד ממנו.

מדוע מנוסחים כללים לקשור
ולכלא שני אנשים לכל החיים,
לבחירה שנחשבה פעם נכונה
לפי המוח הלא מואר שלהם?

למה אי אפשר לשחרר שתי נשמות
מהשעבוד שהציבה החברה,
כשהם מחוץ לגבולות הכלא שלהם
היקום ממתין להתפשטותם?

זיכרון

החיים הם אוסף
של תמונות אקשן מאוחסנות
במחשבה.

אבל כאשר החבילות
של תאים המכילים זיכרון
מלאים, מה נשאר?

איפה יכולים רגעים
להעלות זיכרונות? איפה אפשר
ימצאו אהובים?

מביך, אבל לפעמים
הלב מוכר מדי
לעניינים מעומעמים בראש.

בדיקות

האהבה שלנו עברה בדיקה,
כדי להוכיח את איכותו המופלאה,
למשהו הרבה יותר ראוי
מאשר זהב, יהלום או כל תכשיט,
מאשרת את האותנטיות שלו,
עם זאת שלא בכוונה,
על אחת כמה וכמה בהתמדה.

זה זהב אמיתי? כדי להעריך,
האם חומצה תגרום לזה לבזבז?
כדי להעריך אם זו אהבת אמת,
האם זה יכול לשרוד כל מה שכואב?
כמו יהלום, האם הוא טהור וצלול?
רק אם במעמקי ליבו
שום אהבה אחרת לא יכולה להשאיר חותם.

האם אהבתנו תחזיק מעמד
מבחן הזמן?
האם זה לא ימות לאט,
ובכל זאת תהיה נשגב יותר,
האם הוא יפרח לאחר סערה,
גם בבצורת, תהיה חזק?
עד כה, האהבה שלנו עלתה על הכל.

בלתי נראה

בקוסמוס שבו תמונות
יוצרים את הבסיס
על אישיותם של אנשים,

בחברה מושחתת
איפה פרצופים חייבים
להתבלט כדי להיראות,

אני בוחר להיות בלתי נראה,
ולתרום בסתר,
ממרחב סודי שליו,

בלי לדעת את חרפתי,
נכות ומחסור,
הפך לכוח העל שלי.

נקודת אל - חזור

יבוא רגע
כשטיילנו עד כה
שאין דרך חזרה.

למרות הזיכרון של הבית
מפתה, הפכנו
נודד התקבל בברכה.

עבור חלק, המתיחה
מגיע לנקודת פרידה
זה מצדיק לא לחזור.

עבור כמה ברי המזל,
במצוקות נמצאות
קשר בלתי נפרד.

זָקֵן

אנשים רבים חוששים מקמטים,
כתמי גיל, עצמות שבריריות,
שמיעה לקויה וראייה חלשה...

אבל איתך לצידי,
מחזיק את ידי החלשה,
ומנשק את מצתי הקמטוט...

כשאנחנו אפילו לא צריכים
מילים להבנה
מה שהלב שלנו מדבר בקול...

כשאין לנו אפילו
להסתכל אחד בעיני השני
לראות את הנשמות המתמזגות שלנו...

וכשהנשיקות שלנו טעימות אפילו
עדיף מיין מיושן,
ההזדקנות שלנו אני לא חוששת, אבל כמהה מאוד.

101

תהילה של אהבה

בעולם די קשה,
איפה הרגשות הרכים ביותר
נמחצים או מאופקים...

איפה הדאגה הרווחת
יום אחרי יום הוא צרוף
הישרדות ושימור...

איפה נורמות חברתיות נוקשות
ליצור מעצר של נשמות,
כמיהה ארוכה לשחרור...

המלאכים צופים בקפידה.
אם אהבה שבקושי פרחה
בנסיבות הקשות ביותר...

יכול לקיים את הקסם הלוהט שלה,
לסבול בלהט את כל הסבל,
ולהגיח בתפארת מהממת.

כירון

הוא נוגע בהם, החלשים והחלשים;
הוא מביט בייסוריהם, ומרגיש את כאבם; הוא שופך את לבו ואת נשמתו ואת שכלו,
ומחזיר להם את המרץ, פעם חולה.

למרות הסכנה העומדת בפניו,
בכל הדבקה שהוא נתקל באומץ,
בחוסר שינה, תשישות והקרבה,
נאמנותו מקרינה על כל חיים שהוא נוגע בו.

החיים המתחדשים הם האוצרות הגדולים ביותר שלו,
לא שכר, עושר, או להיות מפורסם,
אבל אף אחד לא יודע את המחלה שהוא סובל,
ייתכן שהמרפא הפצוע לעולם לא יחזור לעצמו.

זָר

מוזר, אבל לפעמים,
אנחנו נופלים על מישהו
חשבנו שאנחנו יודעים...

ובכל זאת, שפל הזמן
חושף לגמרי
ישות אחרת.

זר, כשמישהו
מזהה אחר,
זה עתה נתקל ב...

כאילו הם מכירים אחד את השני
במשך כמה תקופות חיים,
בלתי נפרד בכל מצב.

לה קורונה

זה RNA פשוט עטוף בחלבון,
יצירת אמנות מעולה, כמו כתר,
זה גבה מיליוני חיי אדם.

פתאום הרחובות כמעט ריקים,
האוויר צלול, העניים ניזונים,
מושבי העושר והכוח מלאים באימה.

מה שאפו הסוציאליסטים במשך מאות שנים,
לה קורונה עשתה בשבועות -
זרימה חופשית של עושר והון עצמי לאוויר.

נעולים בבתיהם,
משפחות לאחר מפוצלות מאוחדות,
ולאנשים יש זמן ותשוקה להתפלל.

כמו אותיות, מילים, הצפנות,
כל ה-DNA וה-RNA הם קודים -
לה קורונה אולי הודעה...

מהחיים עצמם לאדם,
כאשר למדנו להבין לעומק,
היא תפסיק את עבודתה ותחזור הביתה.

הגן החדש

איפה הקסם מתחיל
בקצה קשת בענן,
הגן החדש פורח.

הטווס הענק
מברך על ליליפוט
על גבי מדרגות ירקן.

פרחים מדורגים
ושני פרפרים ענקיים שומרים
משחק שחמט נסתר.

הדוב הקולוסאלי
מציע את חיבוקו המנחם
עבר שובל של לבבות.

טובע במתיקות,
הסוכריות של קנדילנד
הד חיבה.

חתיכת גן עדן
מחונן לאדמה פגועה;
יופי מרפא.

פִּסְגָּה

זה נראה לפני עידנים כשהוא התחיל

עיבוד האדמה ושתילת זרעים,

יום יום בסבלנות אוהבת,

הוא השקה את הצמחים שלו ושלף את העשבים. לא סופר את הימים שהצמחים שלו פרחו

והרעיף לו ברכות בשפע.

זה נראה לפני עידנים כשהוא התחיל

עיבוד המוח ונטילת ידע,

מיום ליום בהתמדה מפרכת,

הוא עשה שיעורי בית, עמד בדרישות. עסוקה מדי מכדי להבחין בביצוע המתקרב,

הוא צועד כדי לבשר על סיום לימודיו המפואר.

זה נראה לפני עידנים כשהוא התחיל

מטפחת את לבה ושותלת שירי אהבה,

יום אחר יום בסובלנות אכפתית,

הוא טיפח תשוקה ברגשותיה השבריריים.

חודשים חלפו כמו ימים, שבועות רק שניות, עד שהחזיקה את ידו, היא נשבעה את מסירותה.

שלא נגמר

בהתחלה
האם המראה,
והמבט היה באהבה,
והמראה היה אהבה...

ואז, חיוך,
מילה, לחיצת יד,
הודעה, שיחה,
חיבור, יחס...

איחוד מתפרש,
מכשולים, מכשולים,
איסורים, רדיפות,
פרידה ממושכת...

גשרים, רשתות,
פרפרים, קשתות,
חיים, אבל אהבה אחת
מחזיק מעמד ולא נגמר.

על הסופר

רודזיה

רודזיה כתבה שירה מגיל שלוש, פעם הוכתרה כסופרת הצעירה ביותר בפיליפינים בגיל תשע, לאחר שחיברה אנתולוגיה של שירים. מלאכת הכתיבה שלה נעצרה כשהתמקדה בתפקידים קליניים, אקדמיים ומנהליים כרופאה.

כיום אם מסורה לשניים, היא חידשה את אהבתה למילה הכתובה.

זוהי יצירה בדיונית. שמות, דמויות, עסקים, מקומות, אירועים ותקריות הם פרי דמיונו של המחבר או בשימוש באופן פיקטיבי. כל דמיון לאנשים ממשיים, חיים או מתים, או אירועים ממשיים הוא מקרי בהחלט.